GW00498884

Les pucerons sont de très petits insectes.
Ils sucent la sève des feuilles, qui se dessèchent et meurent.
En mangeant les pucerons, les coccinelles rendent un fier
service aux arbres, aux arbustes et à toutes les plantes
qui portent des feuilles.
Je leur dédie ce livre. Bravo à elles!

Texte français de Laurence Bourguignon
© 1995 -1997 Mijade (Namur)
pour l'édition en langue française
© 1977 Eric Carle
pour le texte et les illustrations.
Titre original : The Grouchy Ladybug

ISBN 2-87142-117-X
D/1997/3712/20

La coccinelle
mal lunée

Eric Carle

mijade

C'était la nuit.
Quelques lucioles dansaient sous la lune.
A cinq heures du matin, le soleil se leva.

De la gauche, une brave coccinelle arriva.
Elle avait vu une feuille couverte de pucerons.
De quoi faire un bon petit déjeuner!
Mais au même moment, une coccinelle mal lunée arriva de la droite.
Elle aussi avait vu les pucerons qui l'avaient mise en appétit.

"Bonjour", dit la brave coccinelle.
"Dégage", rétorqua la mal lunée.
"Je veux ces pucerons !"
"Nous pouvons les partager", proposa la brave coccinelle.
"Pas question. Ils sont à moi et rien qu'à moi!" tempêta l'autre.
"A moins que tu ne veuilles te battre?"

"Si tu insistes", dit la brave coccinelle. Elle regarda l'autre sans ciller.
La coccinelle mal lunée baissa les yeux. Elle semblait moins sûre d'elle.
"Bah, tu n'es pas assez grosse pour moi", lança-t-elle.
"Dans ce cas, trouve-toi quelqu'un de plus gros!"
"C'est ce que je vais faire", répondit-elle.
"On va voir ce qu'on va voir!"
Là-dessus, elle ouvrit ses ailes et s'envola.

A six heures,
elle vit une guêpe.
"Hé toi,
tu veux te battre?"
"Si tu insistes",
dit la guêpe
en dardant
son aiguillon.
"Bah, tu n'es pas
assez grosse pour moi"
dit la coccinelle.
Et elle s'envola.

A quatre heures,
elle se jeta
sur un éléphant.
"Hé toi,
tu veux te battre?"
"Si tu insistes", dit l'éléphant
en exhibant ses défenses.
"Bah, tu n'es pas assez gros
pour moi", dit la coccinelle.
Et elle s'envola.

A cinq heures,
elle se rua sur une baleine.
"Hé toi, tu veux te battre?"
La baleine ne daigna
point répondre.
Qu'importe!
Elle n'était pas
assez grosse,
de toute façon.

A cinq heures et quart, la coccinelle interpella
une des nageoires de la baleine.

"Hé toi, tu veux te battre?"
Elle ne reçut pas de réponse, aussi s'envola-t-elle.

A cinq heures trente,
elle questionna l'autre nageoire:
"Hé toi, tu veux te battre?"

On ne lui répondit pas davantage,
et elle s'envola de nouveau.

A six heures moins le quart,
elle s'en prit à la queue de la baleine.
"Hé toi, tu veux te battre?"
Elle n'entendit pas la réponse…

… qu'elle fut balayée par-dessus terres et mers.

A six heures du soir,
la coccinelle mal lunée était de retour,
fort mal en point.

"Ah, te voilà encore", dit la brave coccinelle.
"Tu dois avoir faim. Il reste quelques pucerons, sers-toi."
"Merci", dit l'autre qui était affamée, épuisée et toute trempée.
"En veux-tu un peu?"

Bientôt, les pucerons furent tous mangés. "Merci", dit la feuille.
"C'est tout naturel", répondirent les coccinelles.
Et elles allèrent se coucher tandis que les lucioles,
qui avaient dormi toute la journée,
reprenaient leur ballet sous la lune.

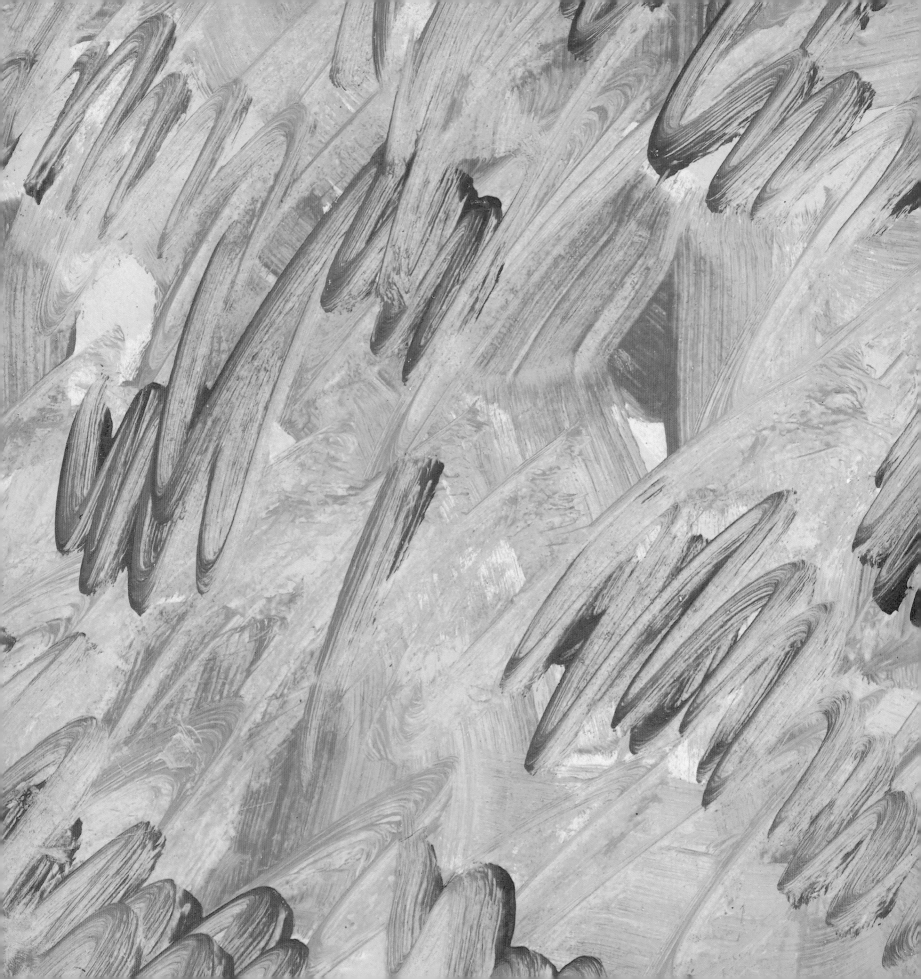